KB131985

마지막 벚꽃이 질 때

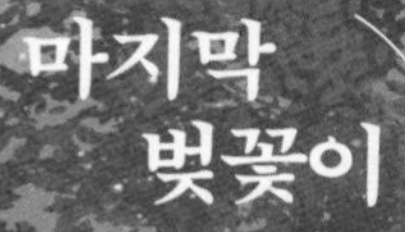

끝내 당신의
잠든 마음을 깨울
진심 어린
이야기들

김수민 에세이 | 도톨 일러스트

arte

차례

02 꽃이 필 무렵

… 당신에게 전하는 나의 사랑

03 꽃이 지는 순간

… 당신에게 보내는 나의 응원

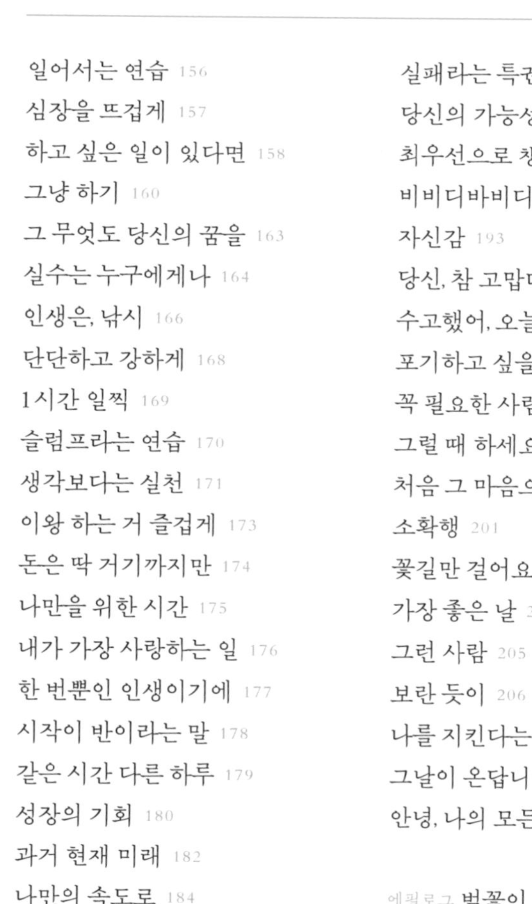

프롤로그

벚꽃이 필 때

우리 모두 이번 생은 처음이잖아요. 그렇기 때문에 모든 게 서투르고 실수하고 삶이 뜻대로 되지 않을 거예요. 분명 살아가면서 세상은 많은 이유로 힘들게 할지도 모릅니다. 그럴 때는 자책을 하고 스스로에게 상처를 줄 게 아니라 용서를 하며 관대해지세요.

인생을 너무 조급해하지 말고 조금은 낭비하면서 살아요. 버스도 놓쳐보고, 잠이 오지 않는 새벽에 영화도 보고, 성공과 실패를 반복도 하고, 누군가를 하루가 어떻게 갔는지도 모를 정도로 그리워하고, 인간관계에 아파하고, 사랑하고 이별하는 시간들도 그저 지나가면 해결이 되는 하나의 낭비라고 생각하는 건 어때요. 느린 거북이가 토끼를 이길 수 있었던 이유는 목표를 향해 달린 것도 맞겠지만 조바심이 없었기 때문이에요. 다른 사람이 나보다 일찍 시작했다고 해서, 먼저 도착지에 다다랐다고 해서 나보다 더 좋은 인생을 살고 있는 것은 아니에요. 각자의 시간 속에서 자신만의 속도로 걸어가고 있을 뿐이죠.

씨앗을 품어 꽃을 피우기 위해서는 물, 공기, 밝은 햇빛 그리고 긴 어둠이 필요합니다. 바람에 흔들리기도 비에 젖기도 하면서 꽃도 나름의 애를 씁니다. 비록 삶이 힘들고 지치더라도 역경을 이겨냈으면 해요. 마지막으로 그걸 꼭 기억해요. 오늘의 하루가 좋았든 나빴든 필요한 밑거름이 되어 하나의 인생이 완성될 거라는 사실을요.

그런 말이 참 좋은 것 같아요. 꽃이 피는 시기가 모두 다를 뿐, 꽃은 언젠가는 활짝 핀다는 말. 벚꽃 나무 아래에서 피고 지는 순간을 지그시 바라볼 수 있기를. 꽃이 피는 것은 언제나 오래 걸리고 지는 것은 한순간이니까.

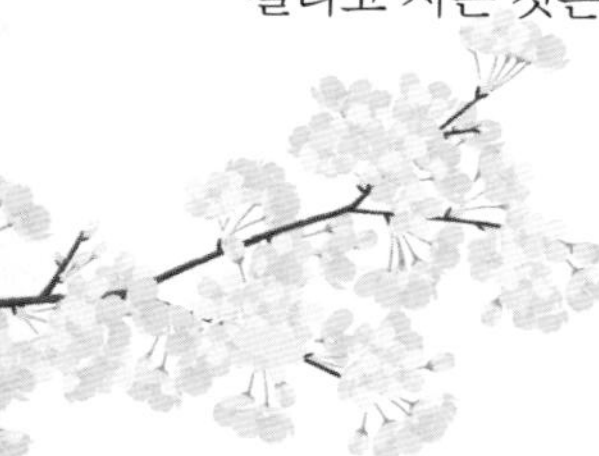

01

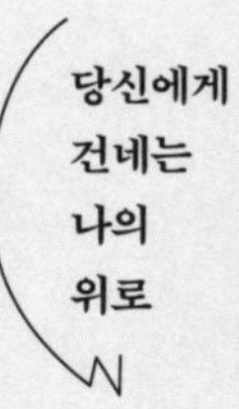

당신에게 건네는 나의 위로

꽃이 피기 전

·
·
·

○ 나를 먼저 사랑하기

자존감이 낮은 사람의 가장 큰 문제점은
자신을 사랑하지 않는 거예요.

실수를 해도 괜찮다며 다독여주고
있는 모습 그대로 자신을 사랑해주세요.

자존감을 낮추며 스스로에게 상처 주는 일은
다른 사람과 비교하는 것입니다.

타인의 시선에 너무 신경 쓰지 마세요.
세상 모든 사람은 같을 수가 없어요.

나를 먼저 사랑해야
다른 사람을 사랑할 수 있습니다.

○ 괜찮아, 잘하고 있어

요즘 많이 힘들지?
누군가에게 털어놓고 싶은데 마땅히 그럴 사람도 없고
새벽마다 이유 없는 불안감과 걱정 때문에 잠을 설치고
어디 여행이라도 가서 지친 마음을 달래고 싶을 거야.

무엇을 해야 할지 막막하기도 하고
누구를 사랑해야 더 이상 상처받지 않을까 싶지.

살아가면서 누구나 겪는 일이야. 너무 걱정하지 마.
지금 힘든 일은 곧 지나갈 거야. 시간이 이기지 못하는 건 없어.

괜찮아, 당신 정말 잘하고 있어.

○ 토닥토닥

마음이 우울할 때면 눈을 감고
가장 행복했던 순간을 떠올려보세요.

갖고 싶었던 물건을 선물 받았던 일이나
지금 생각하면 아쉽고 웃기는 일이나
열정과 냉정 사이를 오가며 이루었던 꿈이나
사랑하는 사람과 함께했던 시간 말이에요.

매 순간 행복한 일은 없겠지만
분명 행복한 일이 생기는 건 확실하니까요.

자신의 마음은 그렇게 다독여주는 거예요.
토닥토닥.

○ 생각보다 남들은 나에게

나에 대해 잘 모르는 사람들의 비난에
너무 신경 쓰고 마음 아파하지 마세요.

처음에 프랑스의 에펠 탑은 많은 비난을 받았지만
지금은 세계적으로 유명한 건축물이 되었습니다.

마음에 상처를 주는 화살을 받기만 한다면
잘하고 있는 마음도 흔들려 부서지고 망가질 거예요.

생각보다 남들은 나에게 관심이 없습니다.

가끔은 나쁜 선택이

우리는 매일 매 순간 선택의 갈림길에 섭니다.

좋은 선택인지, 나쁜 선택인지 확신이 가지 않아
수많은 고민에 빠지게 되죠.

사실 선택이라는 것은 겪어보기 전까지
어떤 선택인지 아무도 모르기 때문에
자신의 운명을 스스로 선택해 더 나은 삶을 살아야 해요.

오히려 나쁜 선택일지라도 나에게
더 많은 걸 가져다줄지 모릅니다.

좋은 선택이 좋은 결과를 가져다주지는 않아요.

○ Home, sweet home

집이나 가구를 고를 때는 가장 좋은 것을 사세요.
인테리어를 하면 예쁘고, 몸과 마음이 편히 쉴 수 있는 것들로요.

하루의 시작과 끝은 집이에요.
집은 내 몸이 편히 쉴 수 있는 휴식처 같은 공간입니다.

즐거운 하루를 맞이하기 위해 나의 집을
최고급 호텔처럼 만드세요.

○ 그래도 괜찮아요

인생은 마라톤이라고 말을 해요.
인생은 길고, 앞으로 어떻게 될지 몰라요.
결승점 끝까지 가봐야 알죠.

인생은 결국 자신과의 싸움입니다.
자신만의 레이스에서 페이스를 유지하며
결승점까지 완주하세요.

누군가 나를 앞서간다고, 너무 뒤처지고 있다고
아무도 당신을 탓하지 않아요.

조금 느리게 가도 괜찮아요.
조금 천천히 가도 괜찮아요.

멈추지만 않는다면 지각하지는 않으니까요.

○ 즐겁게 후회 없이

인생이 그래도 재밌는 이유는
한 치 앞을 모르기 때문이에요.

생각대로 되지 않았던 일이
기적처럼 이루어질 수도 있고,

인생에서 없어서는 안 될
소중한 인연을 만날 수도 있고,

불행했던 날들이 어느 순간부터는
행복한 날들로 변할 수도 있어요.

앞으로 얼마나 많은 일이 일어날지 모르지만
생각대로 되지 않는다며
속상해하지 마세요.

인생 즐겁게 살기도 짧아요.

한 번뿐인 인생 후회 없이 살기로 해요.

○ 행복의 기준

행복의 기준을 타인에게
맞추고 있진 않나요?

돈이 많으면 행복하고
직업이 좋으면 행복하고
맛있는 음식을 먹고
좋은 여행지를 다녀야
정말 행복한 인생일까요?

내가 행복하다고 느끼면
그게 행복한 거예요.

옆에 좋은 사람들이 있고
하고 싶은 일을 하며 살 수 있고
사랑하는 사람과 소중한 시간을 보내는 것.

타인의 행복에 기준을 맞추면

삶은 그 순간부터 불행해집니다.

○ As time goes by

죽고 싶을 만큼 힘들었던 사람도 시간이 지나고 보면
언제 그랬냐는 듯 다시 행복한 모습만 보이고
늘 행복해 보이는 사람이 아무도 없는 곳에서
홀로 울고 있는 모습을 보일 수도 있다.

치유되지 않을 것 같던 마음의 상처도
마치 아무 일 없던 것처럼 우리는 그렇게 살아간다.

시간이 약이다.

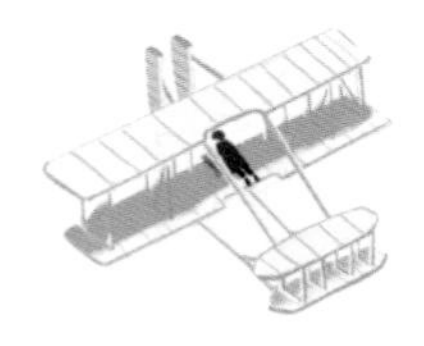

걱정하지 말아요

너무 많은 걱정을 하고 있진 않나요?

좋아하는 사람이 나를 싫어하면 어쩌지.
어려운 부탁을 받아 거절하고 싶은데 어쩌지.
하고 있는 일이 잘되지 않아 실패하면 어쩌지.

아직 일어나지 않은 일을 미리 걱정하지 마세요.
생각이 많아지면 용기가 줄어들어요.

그때 일은 그때 가서 생각하는 게 어때요.
지금 당장 해결할 수 있는 문제가 아니라면 말이에요.

당신이 걱정하는 일은 대부분 일어나지 않아요.

○ 평펑 울고 싶은 날

가끔 그런 날이 있잖아요.
하염없이 펑펑 울고 싶을 때요.

어떻게 살아야 할지도 모르겠고
하루하루 버텨내는 것도 버겁고
슬픈 영화와 노래만 찾게 되고
사랑하는 사람이 떠나 마음이 공허할 때 있죠?

힘들 때, 속상할 때, 외로울 때
울고 싶을 때 울어도 괜찮아요.

운다고 달라지는 것은 아무것도 없겠지만
이 또한 지나가겠죠.

○ 마음의 여유

밖에도 나가고 사람도 만나고 그러세요.

책 한 권을 들고 공원에 산책도 가보세요.
평소에 먹고 싶었던 맛있는 음식을 먹고
카페에 가서 시끄럽게 수다도 떨어보세요.

놀이공원에 놀러 가서 소리를 지르기도 하고
숨이 가쁠 정도로 등산도 해보고
해변의 모래사장을 걷기도 해보세요.

고민을 털어놓을 수 있는 친구를 불러
새벽까지 맥주 한 캔을 마시며
서로의 고민도 들어주기로 해요.

하루쯤은 마음의 여유를 주세요.

○ 굿바이, 스트레스

스트레스를 받으면
근본적인 원인을 찾아 해결해야 하는데
시간에 맡기는 경우가 많아요.

그래서 스트레스가 쌓이고 마음에 병이 생겨
치유가 어려울 수도 있습니다.

독서를 하고, 음악을 듣고, 영화를 보고, 운동을 하고
나만의 해소법으로 스트레스를 풀어주세요.

나를 힘들게 하는 사람, 힘들게 하는 것은
이번 주까지 모두 해결하기로 해요.

○ …불행한가요!?

우리가 불행을 느끼는 이유는
남들과 비교하기 때문이에요.

남들은 무언가 이루고 있는데
정작 본인은 아무것도 이룬 게 없다고 생각하나요?

내가 가진 것보다 남이 가진 것이
더 좋아 보여 부러워하고 있나요?

나는 지금 삶이 너무도 힘들기만 한데
남들은 다 행복하고 걱정이 없어 보이나요?

남들과 비교하면
불행이라는 손님이 찾아와
오히려 자신만 초라해질 뿐입니다.

남이 나보다 행복하다고 해서
내가 불행해지는 건 아니니까요.

○ 어른살이

살아가면서 수많은 선택을 하고
그 선택은 언제나 후회하기 마련이며

새로운 마음을 먹어도 얼마 가지 않아
다짐은 너무나도 쉽게 무너지기도 한다.

누군가에게 슬픔을 공유하면
그것이 약점이 되어 상처를 받기도 하고

영원할 것 같았던 것도 무서울 정도로
변해간다는 것을 인정해야 하며

얻는 게 있으면 잃는 것도 있듯이
어떻게 보면 인간관계에 상처받는 것도 당연하다.

나는 이런 각박한 세상을 살아가기엔 너무 어리다.

○ 50 : 50

인생은 어떻게 보면 50 : 50 확률 아닐까요?

확률이 높든 낮든 복잡하게 생각하지 말고
성공과 실패만 있다고 단순하게 생각하세요.

만약 이루고 싶은 일이 원하는 대로 되지 않았다면
정말 아쉬운 확률로 성공하지 못했다고 위안 삼아요.

실패할까 봐 먼저 겁을 먹어
이것도 저것도 하지 못해 머뭇거리다
기회만 놓치게 됩니다.

어차피 인생은 모 아니면 도이니까요.

○ 어른이 되는 속도

어렸을 때는 빨리 어른이 되고 싶었다.

어리다는 이유로 무시당하는 게 싫었고
누군가의 간섭 없이 자유롭게 하고 싶은 걸 하고 싶었다.

살아갈수록 어깨에 짊어진 책임감이 무거워져
인생의 무게가 얼마나 힘겹게 느껴지는지 알 것 같았다.

더 힘들어하고, 더 슬퍼하고
더 흔들리고, 더 견뎌내야 했었다.

모두가 처음 겪는 인생이기 때문에
누구나 그렇게 어른이 된다.

삶을 계속 살아간다고 해서
익숙해지는 것은 아니니까.

어른 준비가 아직 안 된 나에게,

어른 흉내를 내고 있는 나에게,

너무 빠르게 어른이 되지 않아도 된다고 말해주기를.

○ 마음 쓸 곳

사람 미워하는 데 마음 쓰지 말고

잠깐이라도 행복한 시간을 보내는 데 쓰세요.

○ 잠시 쉬어가도

일주일 중 5일을
최선을 다해서 살았다면
이틀 정도는 충분한 휴식을 취해주세요.

내가 가장 좋아하는 일을 해도 좋고
취미 생활이든 운동이든 영화 감상이든
자신에게 즐거움을 줄 수 있는 일을 하세요.

휴식은 낭비가 아니라 선물입니다.
힘들면 잠시 쉬어가도 괜찮아요.

○ 나쁜 일과 좋은 일

많은 사람들이 스스로에게 부정적인 질문을 던져요.

한 번이라도 행복했던 적이 있었나?
나는 지금 행복한 사람인가?

힘든 일은 왜 한꺼번에 몰려오나 싶고
이 긴 불행은 언제 끝나나 싶기도 하죠.

지금 힘든 일을 지나가는 구름이라고 생각해요.
먹구름이 걷히면 맑은 하늘이 기다리고 있을 거예요.

별일이 아닌 일들이 쌓이고 쌓이다 보면
그게 또 신경이 쓰여 별일이 되기도 해요.

나쁜 일이 생긴다는 것은
앞으로 좋은 일이 생긴다는 방증이기도 합니다.

○ 세잎클로버

네잎클로버의 꽃말을 아시나요?
네잎클로버의 꽃말은 행운입니다.

나폴레옹은 전쟁터에서
우연히 발견한 네잎클로버를 보려고
허리를 숙였는데, 그 순간 적군의 총알이
머리 위를 스쳐 지나가 피할 수 있었습니다.

혹시 세잎클로버의 꽃말을 아시나요?
세잎클로버의 꽃말은 행복입니다.

언제 찾아올지 모르는 행운을 찾기 위해
우리가 행복을 짓밟고 있는 것은 아닌가요.

행운만 좇다 보면 소소한 행복을 놓치고
일상의 소중함을 잃게 됩니다.

행복은 멀리 있는 것이 아니라
주변 아주 가까이에 있습니다.

○ 신경 쓰지 말아요

주변에 나를 싫어하는 사람이 있나요?

직장 상사, 동료, 친구 사이에
질투와 미움을 받는 그런 느낌 있잖아요.

10명이 모이면 그중에서
나를 싫어하는 사람도 있고
무관심한 사람도 있고
나를 좋아하는 사람도 있습니다.

내가 아무리 잘하려고 노력해도
어차피 싫어하는 건 마찬가지입니다.

신경 쓰지 않아도 돼요.
정말 신경 쓰지 않아도 돼요.

나 또한 누군가를 미워하고 싫어하는 것처럼
누군가 날 싫어하는 것도 자연의 이치입니다.

나를 소중하게 대하는 사람,
좋아하는 사람에게만 마음을 쏟으세요.

술도 좋은 사람과 마시면 달고
불편한 사람과 마시면 쓰기 마련입니다.

○ 맞지 않는 신발

처음부터 맞지 않았던 신발을
억지로 구겨 신었다.

그저 신발이 예쁘다는 이유로
시간이 지나면 발에 맞을 거라는 착각으로

뒤꿈치가 까지고 발이 퉁퉁 붓고
발보다 작은 신발을 질질 끌고 다닌다고 해서
내 것이 될 수 있는 건 아니었다.

사람과의 인연도 맞지 않는 신발처럼
노력한다고 달라지는 게 없었다.

나를 불편하게 하고 상처 주는 것은
인연이 아니라는 사실을 배웠다.

○ 적당한 거리

인간관계란 접시와 같아서
한 번 깨지면 전의 모습으로 돌아갈 수가 없어요.

사람도 그렇듯 한 번 깨진
믿음의 관계는 다시 되돌릴 수 없습니다.

오히려 깨진 접시를 치우려고 하다가
조각에 베여 상처가 날 수 있어요.

인간관계는 적당한 거리를 두어야 합니다.

나를 불편하게 하고 상처를 주는 사람과
거리를 두어야 건강한 인간관계가 유지됩니다.

○ 믿음을 채우고 기대를 비우면

인간관계가 힘든 이유는
본인이 100을 준다고 해서
상대가 100을 받는 게 아니기 때문이에요.

내 사람이라고 생각한 사람이
언제 등을 돌릴지 걱정이 되나요?

내가 이만큼 해줬으니 상대도
이만큼 해주길 바라진 않나요?

인간관계는 믿음을 채우고
기대를 비우는 일이에요.

"사람이란 게 다 내 마음 같지는 않구나."
생각하면 마음이 조금은 편안해집니다.

○ 마음 청소 1

고민이 있거나 마음이 힘들 때는
주변 사람에게 털어놓으세요.

고민을 해결해줄 사람이 필요한 게 아니라
아무 말 없이 들어주고 다독여주며
위로해주는 사람이 필요한 거예요.

고민은 내 마음속에서만 머물면
파장이 커져 깊은 고민이 됩니다.

하지만 누군가에게 털어놓으면
작은 고민이 됩니다.

속 시원하게 훌훌 털어버리세요.
고민을 잠시 내려놓고 마음 청소를 하세요.

○ 험담 대처법

나에 대해 잘 모르는 사람이
상처 주는 말을 한다면 무시하세요.

나를 향한 비난의 화살은
대부분 질투를 하기 때문입니다.

어떻게 보면 하는 일이
잘 풀리고 있다는 증거이기도 합니다.

벼는 익을수록 고개를 숙이듯이
겸손하게 받아들이세요.

여유 있게 받아친 험담은
인생에 필요한 영양분이 되기도 합니다.

○ 마음 청소 2

방이 지저분하면 청소를 하잖아요.
마음도 똑같이 지저분해지면 청소가 필요해요.

사람 때문에, 관계 때문에 힘든 이유는
정리를 하지 않아서 그래요.

마음에 쓰레기가 쌓여 청소가 힘들어지기 전에
나를 좋아하는 사람, 사랑하는 사람만
가슴속에 넣어두고 사세요.

상처받은 것만

사람은 참 이기적이다.
언제 어디서 어떻게 변할지도 모르며,
상처받은 것은 기억해도 상처를 주는 것은 기억하지 않는다.
그리고 끊임없이 상처를 준다.

사막의 유목민들은 밤에 낙타를 나무에 묶어두지.
근데 아침에 끈을 풀어. 그래도 낙타는 도망가지 않아.
나무에 끈이 묶인 밤을 기억하거든.
우리가 지난 상처를 기억하듯,
과거의 상처가, 트라우마가 현재 우리의 발목을 잡는다는 거지.
- 드라마 〈괜찮아, 사랑이야〉 중에서

○ 이해와 오해

우리는 그 사람에 대해 잘 알고 있다고
쉽게 착각하고 오해한다.

괜찮다는 말이 정말 괜찮은 줄 안다.
알지 못하는 마음을 전부 이해한다고 한다.
관계를 위해 노력하는 사람은 결국 혼자였다.

누군가를 이해하려고 노력할 뿐,
이해하는 것은 불가능에 가깝다.

이해와 오해는 종이 한 장 차이가 되기도 한다.

○ 내가 미안해

누군가와 오해와 다툼이 생겼을 때
그냥 먼저 사과하는 건 어떨까요.

내가 더 잘못하고 자존심이 없어서가 아니라
상황을 모면하고 싶어서 그런 게 아니라
관계가 끝나버릴 것 같은 마음이 더 크다면요.

손바닥도 마주쳐야 소리가 나듯이
잘못도 서로에게 분명 있을 거예요.

진심으로 상대방에게 "내가 미안해"라고 하면
그다음은 화해로 이어질 거예요.

진짜 좋은 친구

나이를 먹을수록 친구들과 멀어지는 것 같아요.

평생을 함께할 것 같은 친구도
어느 순간 얼굴 한 번 보기 힘든 날이 오고

오랜 시간 동안 연락을 하지 않아
안부를 묻는 것조차 어색할 수도 있어요.

서로 바쁜 와중에도 불구하고
항상 곁에 있어주는 친구들이 너무 고맙게 느껴져요.

진짜 좋은 친구는 1년에 몇 번 만나는 게 중요한 게 아니라
오랫동안 그 자리에 있는 사람이에요.

○ 이제 그만

인간관계는 적당한 냉정함이 필요해요.

연락이 잘 안 된다면 끊어내세요.
약속을 지키지 않는다면 끊어내세요.
이성 문제로 지치게 한다면 끊어내세요.

아니다 싶으면 가차 없이 맺고 끊음을 확실하게 하세요.
사람은 고쳐 쓰는 게 아니에요.

나만 놓으면 끊어질 인연은 이렇게 끊으라는 얘기예요.

○ 그러거나 말거나

나쁜 소문일수록 더 빨리 퍼져 나갑니다.

누군가가 나에 대해 오해를 하거나
루머를 퍼트린다면 너무 신경 쓰지 마세요.

거기에 대해 하나하나 해명을 해도
변명으로 볼 뿐 해결되지 않아요.

사실이 아닌 이야기들은 시간이 지나면
알아서 잠잠해지는 경우가 많습니다.

남을 쉽게 함부로 험담하지 마세요.
언젠가는 부메랑처럼 본인에게 돌아옵니다.

○ 무작정 미안해하는 대신

누군가에게 실수나 잘못을 했을 때
무작정 미안해라는 말은 잘못된 거예요.

상대 입장에서는 어떻게든 그 상황을
모면하는 것으로밖에 보이지 않습니다.

정확하게 어디에서 화가 났는지 알고
그 일이 일어나게 된 배경을 설명하면서
상대의 마음을 풀어주는 것이 중요합니다.

다음에는 그러지 않겠다는 약속과 함께.

아무도 모르는 일

사람이라는 레스토랑이 아무리 화려하고 좋아도
음식을 먹어보기 전까지는 아무도 모르는 일이다.

○ 알고 있지만

아무것도 하지 않으면
아무것도 줄 일도 받을 일도 없다.

그 아무것도 하지 않는 것이
가장 어렵다는 사실을 우리는 안다.

사람도, 사랑도, 상처도 그렇다.

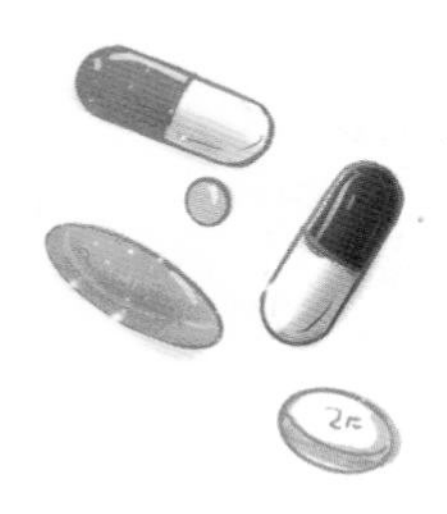

인정하기

마음이 시끄럽다고 느껴질 때 편안하게 인정해보세요.

사람은 예고 없이 상처를 줄 수 있다는 것과
인간관계는 생각보다 단단하지 않다는 점까지.

힘든 일이 있을 때 누군가는 즐거울 수 있고
즐거운 일이 있을 때 누군가는 힘들 수도 있다는 점까지.

나 자신을 위해서 살아가는 시간보다
응원해주는 사람 때문에라도 억지로 살아가는 점까지.

잠시 어둠에 들어가 눈을 막고 귀를 막고
밝아질 때 다시 서서히 나와도 괜찮아요.

마음이 평온해야 세상도 조용해집니다.

○ 불행 배틀

모임에 참석하면 한두 명씩은 꼭
본인의 힘든 상황을 털어놓습니다.

그러면 옆에서
"내가 더 힘들어."
"내가 더 불쌍해."
"그거 아무것도 아니야. 나는…"

서로의 불행을 경쟁하며 불행 배틀을 하니까
삶이 더 불행해지기 시작합니다.

그러지 말고 서로의 힘든 부분을 들어주고
수고했다며 다독여주는 게 어떨까요.

누구나 힘든 것은 똑같으니까 위로가 필요할 수도 있어요.

언젠가

언젠가라는 말이 그렇게 무섭다.
때로는 너무 많은 기대를 하게 만들어
기대한 만큼 실망감이 되어 상처를 받는다.

어쩌면 애초에 기대를 하지 않거나
언젠가라는 것은 오지 않는 것일 수도 있다.

○ 아주 약간의 손해

사람의 마음은 참으로 간사해서
잘해주면 당연하다고 생각하는 사람들이 많아요.

그럼에도 불구하고, 늘 다정한 사람이 있어요.
정말 놓치면 안 될 소중한 인연입니다.

나 역시 그 사람들에게 똑같이 베풀면
더할 나위 없이 좋은 관계를 유지할 수 있습니다.

인생은 약간 손해 보는 느낌으로 살아야 해요.
서로의 이득만 찾다 보면 좋은 사람 놓쳐요.

○ Come and go

갑자기 오는 것은 갑자기 떠나는 법이다.

우리의 기도

두 손 모아 기도해요.
불행했던 만큼 행복한 일만 생기게 해달라고.
좋은 일은 안 생기더라도 아무 일도 일어나지 않게 해달라고.
소중한 인연이 떠나지 않고 오래 머무르게 해달라고.
하는 일이 모두 잘되게 해달라고.

마음 약한 신이 듣고 있을지도 모르니.

○ Journey to happy ending

각자 인생의 시나리오는 본인이 씁니다.
내 삶의 감독이자 주인공은 오로지 본인입니다.

때로는 드라마틱한 일이 일어날 테고
영화 같은 사랑에 빠질 수도 있고
슬픔과 절망에 빠져 주저앉을 수도 있고
기적 같은 순간이 찾아올 수도 있죠.

혹시나 후회로 가득한 날을 보냈거나
앞이 보이지 않는 캄캄한 밤 같은 날을 보냈다면
지금이라도 별이 빛나는 밤의 시나리오를 쓰면 돼요.

어느 날
삶이란 책을 펼쳤을 때
모든 페이지가 해피 엔딩이길 바랄게요.

인생이란 초콜릿 상자와 같은 거야.
열기 전까지는 어떤 걸 고를지 아무도 알 수 없어.

- 영화 〈포레스트 검프(Forrest Gump)〉 중에서

별이 빛나는 밤

밤이 어두울수록 별은 밝게 빛이 난다.

가장 깊은 밤에 더 빛나는 별빛
가장 깊은 밤에 더 빛나는 별빛
밤이 깊을수록 더 빛나는 별빛
- 방탄소년단 '소우주(Mikrokosmos)' 중에서

○ 하루의 끝은 편안하기를

불면증에 시달려 잠들지 못하면
공원 벤치에 앉아 생각을 정리해보세요.

고민과 걱정이 있으면 한숨도 내쉬고
밤하늘의 별을 보며 마음의 짐을 내려놓으세요.

해결되지도 않을 끝없는 걱정거리를
유일한 휴식처인 집까지 들고 오지 마세요.

잠자리에 누울 때만큼은 아무 걱정거리 없이
편하게 잠을 청했으면 좋겠어요.

02

당신에게 전하는 나의 사랑

꽃이 필 무렵

· · ·

사랑은 그런 사람과

연애를 할 때 정말 좋은 사람은
누구보다 나를 잘 아는 사람이에요.

치킨은 좋아하고 당근은 싫다며 빼서 먹고,
즐겨 보는 드라마와 영화 장르는 무엇인지,
스트레스를 받을 때 무슨 취미로 해소하는지,
삐지면 항상 입술을 내미는 것도,
비 오는 날 창을 멍하니 바라보며,
"역시 비 오는 날은 파전이지"라며 항상 말하는 나,
겨울에 눈이 쌓이면 밖에 나가 사뿐히 걷는 걸,
말하지 않아도 알 수 있는 것들 있잖아요.

사랑은 그런 사람과 해야 하는 거예요. 오랜 시간이 흘러도
한결같이 나다운 모습을 보여줄 수 있는 사람, 그 모습을
변함없이 사랑해주는 사람이요.

조금 더 깊은 사랑

오래 연애를 하면 대부분의 사람들이
권태기에 빠진다고 해요.

어느 순간 다른 사람이 더 눈에
들어오고 관심이 가기도 합니다.

하지만 누구를 만나든 질릴 수 있고
사랑이 식을 수도 있다고 말하고 싶어요.

내 옆에 있는 사람 또한 누군가에게
사랑받을 수 있는 존재이니까요.

위기를 기회로 바꾸면
조금 더 깊은 사랑을 할 수 있습니다.

○ 서로에게 좋은 사람

사랑은 어떤 마음으로 해야 하냐면
내 옆에 있는 사람이 내가 아닌 다른 사람의 곁에 있다면
더 행복할 수도 있다고 생각해야 해요.

연락 문제로 더 이상 마찰이 안 생기고
약속을 지키지 않아 서로 다툴 일이 없고
언제 헤어질까 조마조마하지 않아도 되는 사람을
만날 수도 있어요.

그만큼 지금 내 옆에 있는 사람은
충분히 사랑받을 자격이 있는 사람입니다.

마음에도 없는 말로 상처 주지도 말고
그 누구보다 좋은 사람으로 곁에 있어주세요.

○ 그 모습 그대로

당신이 얼마나 가치 있는 사람이냐면 누군가에게 버팀목이 되는 사람일 테고,
위로가 되는 사람일 테고, 그리운 사람일 테고, 뜨거운 사랑을 나눈 사람일 테고,
때로는 따뜻하고 차가운 사람일 테고, 행복하게 해준 사람일 테고, 힘이 되어준 사람일 것입니다. 그 모습 그대로 있어주세요.
그만큼 당신은 누군가에게 좋은 사람입니다.

애틋해질 기회

애인이 미울 때 서운한 게 있다면
이런 점이 밉고 서운하다고 말하세요.

다투기 싫어서 마음속으로 끙끙 앓지 말고
말하지 않아도 알아주길 바라지 마세요.

삐진 당신을 보며 어쩔 줄 모르는 애인의
마음만 타들어갈 뿐입니다.

사랑하는 사람에게 마음을
풀어줄 수 있는 기회를 주세요.

사랑은 오히려 이런 상황 속에서
풀어나갔을 때 더 애틋해지는 법이에요.

○ 소중함이라는 것

오래된 연인일수록 곁에 있는 사람의 소중함을 잘 몰라요.

이별 여행을 떠나야만
비로소 그 사람이 얼마나 소중했는지 알게 되죠.

헤어짐이란 없을 것 같던 사랑도 언젠가는 끝이 나요.

내 곁에 있는 사람에게
최선을 다하고 매 순간 소중하게 보내고

최고의 순간과 최악의 순간 곁에 어떤 사람이 있었는지
서로가 얼마나 소중한지 깨달으세요.

함께할 수 없을 정도로 멀리 왔을 때
그땐 이미 후회해도 늦어요.

사랑하는 사람과 이별하기 전에
소중함을 깨닫는다면 헤어질 일은 없을 텐데 말이죠.

○ 좋았던 기억만

끝내 이별을 하더라도 좋았던 기억만 남겨요.

함께 걸었던 거리, 같이 먹었던 음식,
수다를 떨었던 카페, 팝콘을 사 들고 봤던 영화

매일 손을 잡고 안아주고 입을 맞추고
잠이 들기 전에 잘 자라는 인사와 사랑한다는 말

기쁠 때나 슬플 때나 가장 떠오르고
언제나 내 옆에 있어주던 사람이었잖아요.

그 사람이 생각나면
벚꽃을 보고, 바다를 보고,
낙엽을 보고, 눈을 보고 그리워하세요.

먼 훗날 아름다운 풍경이 되어 있을 테니까요.

연애의 해답

연애의 조언을 받고 싶을 때
털어놓는 상대에게 귀를 기울여주세요.

어떻게 해야 할지 모르겠고
답답해서 하소연하려고 털어놨잖아요.

아무 생각 없이 이야기한다고 듣지 말고
그렇게 말하는 이유가 있겠지 하며 받아들여보세요.

연애의 해답은 없어요.
어떤 조언을 들어도 본인이 하고 싶은 대로 하겠지만
일단 가슴이 내린 결정을 따르세요.

○ 용기 내요, 당신

헤어진 연인을 잊지 못해 붙잡고 싶으세요?
한 번만 다시 돌아오길 매달리고 있으세요?

미련이 남아 잊지 못하고 있다면
놓치지 말고 연락해보세요.

시간이 지날수록 그동안 잊고 있었던
보살핌과 사랑을 깨닫고 진심으로 잡아보세요.

다시 사랑하게 됐다면
헤어짐의 연장선이 되지 않도록
어느 때보다 잘하기로 해요.

재회는 파도 한 번이면 무너질 모래성과 같아요.

최악이 되기 전에

당신이 헤어지기 힘든 진짜 이유는
이별이 두려운 게 아니라 혼자 남는 게 두려운 거예요.

처음에 잘해줬던 모습이 생각나고
언젠가는 잘해주겠지라는 기대감을 가지고
힘들어도 사랑하고 싶은 마음이 대부분이에요.

사랑은 둘이서 하는 것이지,
혼자 하는 사랑은 짝사랑이에요.

나만 놓으면 끊어질 인연은 최대한 빨리 끊으세요.
최악이 되기 전에.

○ 이별의 여유

사랑했던 사람을 잊기 위해 다른 누군가에게
기대고 싶은 건 너무 모진 일이 아닐까요.

이별한 지 얼마 되지 않아 환승 이별을 하지 마세요.
장마가 오면 비도 맞고 이별의 아픔도 느끼세요.

사람은 사람으로 잊는 것도 맞지만
조금만 이별에 여유를 가져요.

이별의 여유가 어느 정도 생길 때
우산을 씌워주는 사람이 나타날 거예요.

소중한 것을 지키기 위해

영화 〈타이타닉(Titanic)〉을 보면서
가장 인상 깊었던 장면이 있었다.

배가 침몰하는 마지막 순간까지
신사로 죽음을 맞이하겠다는 사람.
튼튼한 배를 만들지 못해 죄책감에 시달린 설계자.
승객들을 안심시키기 위해 끝까지 자리를 지킨
오케스트라 연주자들.
선장실에 들어가 조타기를 잡고 배와 운명을 같이한 선장.
물이 차오르는 침대에서 가장 사랑하는 사람과 손을 꽉 잡고
뽀뽀를 나눈 할아버지와 할머니.
두 아들이 무서울까 봐 잠들기 전까지 동화를 읽어주는 어머니.

우리는 소중한 것을 지키기 위해 희생을 하고
사랑하며 살아간다.

○ 아직 헤어지는 중

사랑한다고 더 자주 말해줄 걸 그랬다. 잘못을 하고 미안해라는 말보다, 헤어지자고 끝내자는 말보다. 자기를 얼마나 사랑하느냐는 말에, 한결같이 1초의 망설임도 없었을 때처럼 사랑한다고 말하며 불안감을 주지 말았어야 했다. 도대체 그 사랑한다는 말이 뭐가 어려워서 하지 않았을까. 왜 자꾸 사랑을 확인하는 너를 귀찮아했을까.

세상 그 누구보다 너에게 다정해야 했다. 나의 가족보다, 나의 친구들보다 너에게 더 예쁜 말을 쓰고 옆에 있어줘서 고맙다며 말을 했어야 했다. 항상 말했다. 우리가 가장 다정해야 할 사람은 서로라고. 하지만 나는 너에게 짜증과 화를 내면서도 다른 사람에게는 다정했던 거 같다. 내 사람들, 그리고 네 사람들 중에서 그 누구보다 다정하지 못해 미안해.

그 누구보다, 나 자신보다, 더 아껴줬어야 했다. 사실 잘난 거 하나 없는 나한테 네가 뭐가 아쉬워서 내 옆에 있었을까. 네가 왜 하필 나를 만났을까. 네가 내 옆에 있었음을, 나를 사랑해주는 것에 대해 감사하며 살았어야 했다. 그런데 왜 내가 사랑받는 것을 당연히 받아야 한다고 느꼈을까. 안아줄 때 더 안아주고, 손잡을 수 있을 때 더 손잡아주고, 표현할 수 있을 때 더 표현하고, 사랑할 수 있을 때 더 사랑해둘 걸 그랬다.
생각해보면 우리 좋았던 기억도 참 많았다. 다툴 때는 항상 안 좋았던 기억만 생각났는데 지금은 왜 자꾸 좋았던 기억만 회상하게 되는 걸까. 너도 그럴까. 우리 좋았던 순간들이 더 많았을까.
아무 일 없다는 듯이 와서 그냥 안아줬으면 좋겠다. 한 번만 더 기회가 왔으면 좋겠다. 우린 지금 어디쯤에 있을까. 아직 헤어지는 중일까. 이미 헤어졌을까.

○ 한 번도, 앓은 것처럼

우리는 사랑에 또 속을 거예요.

봄처럼 따뜻한 사람이 찾아오면
한 편의 로맨스 영화처럼 사랑을 하고

이별 노래의 주인공처럼
사랑에 속아 상처를 받을 거예요.

두 번 다시 사랑하지 못할 것 같아도
속는 셈치고 다시 사랑을 믿어보겠죠.

내가 사랑했던 것들은
나를 아프게 하겠지만
사랑에 치이고 다쳐도 끊임없이
사랑하며 인연을 찾아야 해요.

한 번도 상처받지 않은 것처럼 사랑하고
한 번도 사랑하지 않은 것처럼 이별하세요.

날씨는 우선 제쳐두고

오늘 당신의 날씨는 어떤가요?

날씨가 맑아서 걷고 싶은 날인가요?
비가 와서 우울하지는 않나요?

날씨가 항상 맑을 수는 없어요.
하늘이 맑으면 흐린 날도 있겠죠.
비가 그치면 무지개가 뜨겠죠.

날씨가 맑으면 맑은 대로
비가 오면 오는 대로
흐리면 흐린 대로 사랑하세요.

걱정하지 않아도 화창한 날은 와요.

○ 사랑을 만끽하세요

어느 나이대에는 하루하루
사랑하는 것이 전부고

어느 나이대에는 하루하루
버텨가는 것이 전부래요.

우리는 삶이 끝날 때까지
뜨거운 사랑을 하고, 차가운 이별도 하며
학업에, 직장에 치이는 걸 반복할 거예요.

인생은 모르는 곳에서 태어나
모르는 곳으로 향하는 기차와 같대요.

살아온 날보다 살아갈 날이 더 많은 당신이니까
사랑하는 것도 실패하는 것도
무서워하지 않았으면 해요.

인생은 모두가 함께하는 여행이다.
매일매일 사는 동안 우리가 할 수 있는 건
최선을 다해 이 멋진 여행을 만끽하는 것이다.

- 영화 〈어바웃 타임(About Time)〉 중에서

○ 그저 인연이 아니었던 것

좋아하는 사람이나 연락하는 사람과
생각대로 잘 안 됐을 때 그 관계에 미련두지 마세요.

나에게 무슨 문제가 있는 건지
자존감 떨어지는 말들로 스스로 상처 주지 말고
인연이 아니었구나 하고 생각해요.

당신 잘못이 아니라, 당신 문제가 아니라
그저 인연이 아니었던 거예요.

만나고 싶은, 그런 사람

누구보다 사랑받고 싶어졌다.

요즘 힘든 일이 많아 기댈 수 있고
나의 하루를 털어놓을 수 있는 사람.

잘못을 하거나 실수를 해도
무조건 내 편에 서서 괜찮다고 말하는 사람.

이별은 물론 사랑하지 않는다는
불안감을 주지 않는 사람.

누가 봐도 "저 사람 사랑받고 있구나"라고
느낄 수 있을 정도로 예뻐해주는 사람을 만나고 싶다.

○ 그대와 영원히

당신은 떠나보내지 않아도 되는 사람이었으면 좋겠다.
잠깐 머무르다 갈 사람이 아니라
내 곁에서 영원히 변하지 않고 사랑할 수 있는
그런 사람이었으면 좋겠다.

○ 그 사람으로 인해

언제부터인지 말을 예쁘게 하는 사람이 좋다.

예를 들어,
밤하늘의 별이라도 따주겠다는 말이라든지
저 푸른 초원 위에 그림 같은 집을 지어주겠다는 말이라든지
온갖 행복한 거짓말로 나를 행복하게 만들어주는 사람.

칼처럼 날카로운 말로 상처 주는 사람 말고
내가 좋아 미치겠다고 말하는 예쁜 사람을 만나고 싶다.

조금 더 내 일상이 그 사람으로 인해 예뻐졌으면 한다.

사랑과 이별의 차이

사랑과 이별의 차이가 무엇이냐고 묻는다면

사랑할 때는 좋은 일, 기쁜 일, 힘든 일,
작은 사소한 일 하나라도 가장 먼저 알게 된다면

헤어지고 싶은 마음이 생겼을 때는
그들의 친구들보다 늦게 알게 된다는 것.

○ 사랑의 온도

사랑에 빠질 때 뇌에서 도파민이라는
신경 전달 물질이 분비되어 행복감을 느끼게 됩니다.

하지만 시간이 지나 도파민의 분비량이 줄어들면서
설렜던 감정들이 무뎌지고 자연스레 사랑이
식어가는 과정에 들어가게 돼요.

사랑이란 게 언제나 뜨거울 수만은 없어요.
한쪽의 사랑이 식어가면 다른 한쪽이 사랑을 불어주는 것,
그게 진정한 사랑이에요.

익숙함에 소중함을 잃지는 마세요.

Happy birthday to you

세상에 태어나 가장 많이 부르게 되는 노래는
'Happy birthday to you'라고 해요.

1년에 한 번씩 돌아오는
사랑하는 사람의 생일을 위해 부를 테고
또 당신의 생일을 많은 사람들이 축복해줄 테니까요.

진심으로 태어나줘서 고마워요.
당신이 어떤 사람이든 어떤 모습이든
그 존재 자체만으로 우리 모두 누군가에게
사랑받고 소중한 사람이라는 걸 기억해요.

결국 같은 사랑

한 번쯤은 사랑 앞에서 나는 어떤 사람인지 알기 위해 나와 똑같은 사람을 만나 사랑을 하고 싶다. 양팔 저울이 수평을 이루는 것처럼 나만큼 사랑을 주고, 관심을 표현하고, 상처를 주는 사람 말이다. 자신이 얼마나 이기적인지, 소홀한지, 헌신적인지 이해할 수 있는 방법은 사랑의 방식이 같은 사람을 만나는 수밖에 없다.

사랑에는 어쩔 수 없는 갑과 을의 관계가 있다. 우리는 그 관계를 강자와 약자로 나눈다. 반드시 어느 한쪽은 기다리고, 손해를 보고, 져주고, 실망하고, 아프게 된다. 만약 사랑의 온도가 같은 사람을 만나면 상처가 없을까.

세상에 상처 없는 사랑, 아름다운 이별이란 존재하지 않는다. 상처받기 위해, 이별하기 위해 시작하는 사랑도 존재하지 않기 때문이다. 그저 우리는 상처받고 싶지 않을 뿐이다.

하지만 우리는 사랑의 방식이 달라도 결국 같은 사랑을 한다. 그렇기 때문에 더 뜨거운 사랑을, 더 차가운 사랑을 하는 것일지도.

○ 연인 사이라면 꼭

연인 사이에 꼭 지켜야 할 가장 중요한 것들.

연락은 기다리지 않게 소홀히 하지 말 것.
믿음과 신뢰를 깨트리는 거짓말은 하지 말 것.
마음이 원하는 만큼 아끼지 말고 뜨겁게 사랑할 것.
사랑하면 머무를 것이고 아니면 떠날 것.
마지막으로 너무 많은 기대를 하지 말 것.

○ 사랑하는 사랑받는

사랑하는 사람만큼 행복한 사람은 없다.
사랑받는 사람만큼 예쁜 사람은 없다.

○ 나를 더 좋아해주는 사람

내가 좋아하는 사람 말고
나를 더 좋아해주는 사람을 만나세요.

먼저 연락하고, 표현하고, 좋아하고
더 이상 상처받을 걱정 없이 좋은 사람 있잖아요.

나 좋다는 사람에게는 마음이 가지 않는다며
마음의 문을 닫지 말고 일단 한번 만나보세요.
어쩌면 생각보다 괜찮은 인연일지도 몰라요.

누군가에게 사랑을 받는다는 건 기적 같은 일이에요.

○ 꽃이 핀 동안에

보고 싶으면 보고 싶다고 사랑하면 사랑한다고
고마우면 고맙다고 아낌없이 표현할 수 있는
사람이 있다는 건 가장 큰 행복이에요.

이만큼 해줬으니 상대도 이만큼 해주겠지.
더 많이 줬으니 손해를 얼마나 봤는지
계산하며 사랑하지 마세요.

소중함이란 원래 옆에 있을 때 모르고
잃기 전까지 알게 되지 못하는 법입니다.

꽃이 지고 나서야 봄인 줄 알아요.

면역력

이제는 이별도 제대로 하세요.

지금 당장 놓지 못하고 매달리면
다른 사람 만나서 다음 연애에서도 또 그래요.
헤어짐을 통해 우리는 조금 더
성숙한 연애를 해야 하는 거예요.

그런 사람을 안 만나면 되고
그런 연애를 더 이상 하지 않으면 돼요.

상처를 받지 않기 위해 마음의 면역력을 키우세요.

○ 정말 좋아해서

사소한 거 하나로 자주 삐지고 토라지는 이유는
당신을 정말 좋아해서 그러는 거예요.

원래 좋아하는 사람일수록 서운함을 느끼게 되거든요.

서운한 게 있어도 말을 하지 못하는 경우가 있는데,
그럴 때 그 마음을 이해하려고 노력해보세요.

당신에게 토라져 있다면 애정 표현을 많이 해주세요.

연락

내가 좋아하는 사람에게 연락이 없으면
그 사람은 정말 연락할 마음이 없는 거예요.

연락에는 두 가지의 용기가 필요해요.
하나는 그 사람에게 연락할 수 있는 용기와
또 하나는 연락을 끊을 수도 있는 용기입니다.

연락을 계속하고 싶었으면
기다리지 않아도 먼저 연락했을 거예요.

나에게 관심이 없는 거니까 그만 기다리세요.

This is love

기가 막힌 타이밍에 나타나서
나에게 다정하게 대하고 사랑하게 만드는 것.

아무것도 아니었던 서로의 인생에
침범을 해서 감정이 복잡해지는 것.

무엇을 해줘도 부족하다고 느끼고
좋아 죽다가도 가끔은 미워지는 것.

그 사람 인생의 전부가 되었다가
일부가 되기도 한다는 것.

그러다 갑자기 떠날 수도 있는 게
사랑이라고 말할 수 있다.

감당할 수 있을 때

누군가 그러더라고요.
사랑이란 건 현재의 삶이 너무도 만족스러운데
그 사람으로 인해 삶이 엉망이 될 수도 있는 거라고요.

그 모든 것을 감당할 수 있을 때 사랑을 해야지,
마음이 외로워서 사랑을 하면 더 외로울지도 몰라요.

좋은 사람과 함께할 게 아니라면
옆자리는 비워두는 편이 나아요.

태도를 분명하게

냉장고에 뜨거운 물과 차가운 물을 동시에 넣으면
놀랍게도 뜨거운 물이 더 빨리 언다고 해요.

사람 마음도 그래요.
다정하고 뜨거웠던 마음이 변하면
오히려 그게 더 차갑게 느껴지기도 합니다.

마음이 없으면 헷갈리게 하지 말고
좀 차갑게 대하세요.

애매한 행동과 어정쩡한 말투 때문에
괜한 사람 착각하게 하지 말고요.

결국 중요한 건 마음

정말 몸이 멀어지면 마음이 멀어지는 게 맞을까요.

각자 지구 반대편에 있어도
결혼까지 성공한 연인들이 있고
반대로 거리가 가까워도 더 자주 다투고
견디지 못해 이별로 끝이 나는 연인도 있습니다.

연애를 할 때 중요한 것은 거리가 아니라
결국 마음이었던 거예요.

모든 이별에는 핑계가 필요한 것처럼
그저 그런 이유 중 하나였을 수도 있었겠네요.
힘들고, 지치고, 보고 싶은 건 매한가지입니다.
서로를 더 아껴주고 사랑해주세요.

힘들 때 사람 버리는 거 아니래요.

○ 고백

좋아하는 사람이 있어도 쉽게
고백을 하지 못하는 사람이 많은 것 같아요.

괜히 내 마음을 용기 있게 고백했다가
지금 사이로도 지낼 수 없을까 봐 그렇기 때문이죠.

차라리 그 사람과 사랑할 수 없는 관계로
발전할 수 없는 마음을 더 걱정하면 어떨까요.

고백 없는 짝사랑만으로는 사랑을 쟁취할 수 없어요.

때로는 놓아주기

나를 사랑하지 않는 사람 때문에
그만 아파하고 힘들어하세요.
정말 돌아올 사람이었으면 진작에 왔겠죠.
붙잡지 않아도 매달리지 않아도 왔겠죠.

당신이 도대체 뭐가 아쉬워서
그 사람 때문에 아직까지 울고 있어요.
밖에 나가면 나 좋다는 사람 많아요.
충분히 사랑받고 좋은 인연 만날 자격 있어요.

나를 싫어하는 사람 때문에 상처받지 마세요.
때로는 놓아주는 법도 배워야 해요.

붙잡고 있는 것보다 놓는 게
더 큰 마음이 필요한 겁니다.

- 드라마 〈호텔 델루나〉 중에서

여운

좋아하는 드라마나 영화 한 편을 봐도
여운이 쉽게 가시지 않는데 한때 사랑했던 사람이면
얼마나 가슴속 깊이 남겠습니까.

○ 긴 시간 아파하지 않기를

그 사람 이제 그만 잊어도 되지 않을까요.

당연히 한동안 생각도 날 테고
함께 찍었던 사진을 꺼내 볼 테고
한 번쯤은 연락이 올 거라며 기다릴 테고
다시 돌아갈 수 있을 거라는 희망도 갖겠죠.

천천히 아주 천천히 잊어도 되니까
너무 긴 시간 아파하지 말아요.

지나간 것에 미련 갖고 살기에는
이별은 많이 아프니까요.

○ 그저 단점 하나

대부분의 사람들이 어리석게 단점 때문에
이별을 고민하더라고요.

처음에는 장점을 보고 사랑에 빠졌지만
눈에 들어오지 않았던 단점이 보이기 시작하고
마음이 점점 식어가는 자신을 발견할 거예요.

돌이켜 보면 사랑해주지 못할 모습도 없어요.
못난 모습도 어쩌면 그 사람의 일부분이기도 합니다.

세상 누구에게나 단점이 있기 마련이니
그런 모습까지 사랑해주는 게 사랑 아닐까요.

단점 하나로 그 사람의 전부를 확정 짓지 마세요.

○ 꽃처럼 잊히겠지

그 계절에 피었던 꽃은 다른 계절이 오면 사라진다.
아마 우리의 사랑도 그 시절, 그 계절이 지나면 잊히겠지.

○ Love the most…

개인적으로 좋아하는 문장이 있는데,

Love the most powerful force in the universe.

'사랑은 우주에서 가장 큰 힘을 가진다' 라는 뜻입니다.

그 이유는 사랑은 그저

따뜻한 손길로 만져주는 것만으로도

변화시키는 힘을 가지고 있다고 해요.

우리는 누구나 사랑을 하고 있습니다.

우주에서 가장 큰 힘을 누구에게 쓰고 있으세요?

가장 사랑하는 사람에게 쓰세요.

○ 때때로 사랑은, 반성

애인이 서운했다고 투정부렸던 것들을
떠올려보세요.

연락이 잘 안 되어 다투었다거나
무관심하고 성의 없는 말투로 상처를 줬거나
약속을 지키지 않아 화가 났다거나 말이에요.

그동안 모질게 굴었던 자신을 반성하고
애인이 서운했던 점을 실천해보세요.

무심코 흘러가는 말도 기억해주면서
아끼고 사랑해주는 그런 사랑하세요.

아름다운 순간

좋은 사람과 함께 떠나
소중한 추억을 만들어보세요.

기억에 잊지 못할 여행 말이에요.
하루가 가기 전에 바비큐 파티도 하고
이런 일 저런 일 즐겁게 수다도 나누고
남는 건 사진뿐이니 사진도 많이 찍으세요.

좋은 시간을 함께 보내다 보면
그 당시에는 얼마나 아름다운 순간인지 몰라요.

집에 돌아온 후 침대에 누워
회상을 하면 아름다웠다는 걸 깨닫게 됩니다.

시간이 오래 지나면
돌아갈 수 없는 그리운 시간들이에요.

인생에 없어서는 안 될 순간이
한 번쯤은 있어야 진정한 인생입니다.

○ 말의 온도

말투에 신경을 조금 쓰세요.

말투란 말을 담는 그릇과 같아서
아무리 좋은 내용이라도 말투 하나로
듣기 싫은 말일 수도 있어요.

말에도 온도가 있습니다.
늘 뜨겁지도 차갑지도 않은
따뜻한 온도에 맞춰 말을 해야 해요.

말 그릇에 가시가 박혀 이리저리 사람을 찌르면
상대는 상처만 받을 뿐입니다.

말은 언제나 마음보다

얼룩은 생겼을 때 그때그때 지우면 쉽게 지울 수 있지만
오래 둘수록 지우기가 힘듭니다.

사람과의 다툼이 있을 때 그 자리에서 화해해야지,
한 번에 풀려고 하면 오히려 실타래가 점점 더 엉켜갑니다.

더 늦기 전에 미안하다고 말하세요.
말은 언제나 마음보다 느릴 뿐이에요.

○ 기분이 태도가 되지 않도록

기분이 안 좋은 일이 있었다고
상대방에게 화풀이하지 마세요.

화가 나는 것도 이해하지만
분풀이하고 싶은 것도 이해하지만
상대방의 감정도 생각해주세요.

나의 기분을 전부 받아주는
화풀이 대상이 아닙니다.

기분이 태도가 되지 마세요.

○ 효도는 지금부터

오늘 부모님께 전화를 걸어
보고 싶고, 사랑한다고 말해보세요.

항상 자식들은 부모님께 소홀한 거 같아요.
부모님 가슴에 못 박은 말은 없었는지,
바쁘다는 핑계로 형편이 어렵다는 이유로
효도를 미루고 있진 않나요.

시간 날 때 찾아뵙고 매일 안부 전화라도 하세요.
부모님은 큰 걸 바라지 않으시니까요.

나중에 나의 자식도 분명 나에게 소홀할 거예요.
세상의 이치처럼 시간이 흘러
소중함을 깨닫게 되는
자식과 부모 사이는 돌고 돌겠죠.

시간은 기다려주지 않아요.

살아 계실 때, 옆에 계실 때 잘해드리세요.

살아서 못한 일 죽어서 해보겠다고?

난 이미 네 놈에게 충분한 시간을 주었다.

- 영화 〈신과함께-죄와 벌〉 중에서

○ 타이밍

사람은 누구나 죄를 짓고 살아요.

잊을 수 없는 상처를 준 죄.
잘못된 것을 알면서도 되돌리지 않는 죄.
무심코 뱉은 말로 마음에 비수를 꽂은 죄.

누군가에게 상처를 주었다면
잘못을 뉘우치고 용서를 구하세요.

사과는 아무리 스스로 후회한다고 해도
상대에게 전해지지 않으면 아무런 의미가 없어요.

사과할 수 있을 때 사과하세요.
너무 늦으면 정작 그 사람은 그 자리에 없어요.

상처 주고 싶지 않아서

나이를 먹을수록 새로운 인연을 만나는 것이 지친다.

말하고 싶지 않은 이야기를 누군가에게 털어놓을 자신도 없고
이미 상처가 많은 탓에 새로운 상처를 받고 싶지도 않으며

아무리 좋은 사람이 다가와도 밀어내기 바쁘고
더 이상 인간관계에 에너지를 소비하고 싶지 않다.

사람은 늘 상처를 줄 수밖에 없다.

○ 운명의 붉은 실

'운명의 붉은 실'이라는 이야기를 아세요?
중국 전설에서 유래된 이야기로, 하늘이 정해준 인연은 분명 있다고 하네요.

위고라는 남자가 여행을 하는 도중에 남쪽 객점에 머물게 되었습니다. 그런데 달빛 아래에서 한 노인이 책을 뒤적이는 모습이 보였습니다. 위고는 호기심이 발동해 노인에게 무슨 책을 보는지 물었습니다. 그러자 노인은 "세상 사람들의 혼인에 대해 기록한 책이네"라고 답했습니다. 자세히 보니 노인은 붉은 실이 가득한 주머니를 차고 있었고, 그것을 이상하게 여긴 위고는 그 주머니가 무엇인지 다시 물었습니다. 노인은 "붉은 실이라네. 부부가 될 남녀의 발을 묶지. 이 붉은 실로 한데 묶어놓기만 하면 설령 두 사람이 원수 집안이거나, 아주 멀리 떨어져 있거나, 신분의 귀천이 아무리 심해도 결국 부부가 된다네"라고 답했습니다. 노인은 말을 마친 뒤 위고를 데리고 시장으로 향했습니다. 눈이 먼 여인네가 여자아이를 안고 있는 모습이 보였습니다. 노인은 위고한테 "저 아이가 장래 자네의 아내가 될 거라네"라고 말했습니다. 위고는 노인이 자신을 모욕했다고 느껴 화가 난 나머지 하인을 시켜 아이를 죽이라고 명령했습니다. 하인은 아이를 칼로 찌르고 달아났고, 위고는 다시 노인을 찾았지만 이미 자취를 감춘 뒤였습니다.

그 후 14년이라는 세월이 흘렀습니다. 나라에 공을 세운 위고는 나이가 열일곱인 왕태의 딸과 결혼을 하게 되었습니다. 그런데 왕태의 딸 미간에는 눈에 띄는 상처가 있었습니다. 위고는 왕태에게 어떻게 상처가 생긴 거냐며 물었습니다. 왕태는 "14년 전, 유모가 아이를 안고 시장에 갔는데 어떤 미친놈이 칼로 찌르고 도망갔네"라고 답했습니다.
위고는 그제야 노인의 말이 농담이 아니었다는 것을 깨닫고, 자신의 잘못을 반성하며 아내에게 속죄하는 마음으로 헌신하며 살았다고 합니다.

사람은 태어날 때부터 새끼손가락에 붉은 실이 묶여 있다고 해요. 우리는 살면서 수많은 인연을 만나게 됩니다. 스쳐가는 인연이 있는 반면에 좋은 인연으로 곁에 있는 인연도 있어요. 어차피 만나게 될 인연이라면 어떻게든 만나게 되어 있고, 그렇지 않은 인연이라면 어차피 헤어졌을 거예요. 우리에게는 어쩌면 매 순간 운명적인 만남이 있겠지만 너무 스쳐간 인연에 매달리지 마세요. 쉽지 않겠지만 하늘이 정해준 인연이 있다 생각하고 마음 편하게 사는 건 어떨까요.

인과 연

애초에 좋은 사람과 안 좋은 사람은 없어요.

나와 맞는 인연과 맞지 않는 인연일 뿐
그 이상도 그 이하도 아닙니다.

첫 인연은 본인의 의지로 시작했어도
끝은 어떻게 될지 모르기 때문이에요.

인연이란 맺음은 어려워야 하나, 끊음은 쉬어야 해요.

○ 지금 생각하면

"그때 사랑하길 정말 잘했어."

첫사랑.

○ '나'라는 벚꽃을 피워준 당신에게

내가 21살 때였을까. 눈이 내리는 겨울이었는지, 벚꽃이 피는 봄이었는지 그사이 처음 느끼는 계절이었다. TV 속 드라마에서 일어날 일들이 나에게 실제로 일어날 줄은 몰랐다. 어쩌면 다른 누군가가 겪었던 일일 수도 있겠지만 그게 나의 일이 될 줄은 몰랐다. 방 안에서 이불을 덮고 있던 나에게 아버지가 무거운 마음으로 들어와 입을 여셨다. 사실 나의 엄마가 친엄마가 아닌 새엄마라고 했다. 그 말을 듣고 딱히 놀라지는 않았다. 고등학생 때 가족관계증명서를 발급 받으러 갔을 때 엄마 이름이 있어야 할 자리에 생전 처음 보는 다른 여자의 이름이 있었다. 이미 어느 정도 눈치를 챘는데, 짐작은 갔는데 자꾸 눈물이 났다. 친엄마가 아니라고 해서 인생의 변화가 오거나 엄마의 의미가 변하진 않았다. 우리는 믿었던 것들이 거짓이란 걸 알았을 때 무너진다. 세상 어떤 사람이 내 옆에 있는 엄마가 나를 낳아준 엄마가 아니라고 생각할까. 당연히 그렇게 믿고 그렇게 생각했을 거다. 그 믿음의 조각이 수백만 조각으로 깨졌다.

이 사실을 알게 된 후 마음이 아팠던 이유 3가지가 있는데, 첫째는 더 이상 엄마에게 태어나게 해주셔서 감사하다는 말을 못하게 됐다. 어릴 적 편지를 쓸 때마다 그 말을 항상 적었는데, 그 사실을 몰랐던 나를 보는 엄마는 기뻤을까 슬펐을까. 둘째는 가끔 꿈을 꾸다 엄마가 나오면 모진 말을 하게 됐다. 잠에 들기 전에 제발 이 꿈만큼은 꾸지 않도록 빈다. 다시는 꾸고 싶지 않은 악몽이기 때문에. 셋째는 엄마의 가슴에 수없이 많은 못을 박았다. 별것도 아닌 일에 짜증을 냈고 화를 냈다. 심지어 학교에서 사고를 쳤을 때 엄마는 직접 학교에 와서 나를 대신해 부모라는 이름으로 고개를 숙이며 사과를 했다. 내가 받은 상처는 몇 안 되겠지만 엄마의 상처는 더 많고 깊을 수도 있다. 낳은 정보다 기른 정이 더 크다고 했던가. 배 아파가며 낳아주진 않았지만 가슴을 아파가며 걱정하고 키워주셨다.

시간이 조금 지나 가장 친한 지인들에게 이야기를 털어놓았다. 예상했던 위로의 말도 있었고, 이야기를 듣고 울어주며 같이 슬퍼해주는 사람도 있었다. 말하지 않고 있었던 일을 누군가에게 털어놓는다는 건 이미 그 일에 대해 더 이상 연연해하지 않는다는 의미다. 무슨 마음으로 말을 했는지 모르겠지만 해결책이 필요한 것은 아니었다. 더더욱 위로가 필요한 것도, 공감해주며 슬퍼해주는 것도 아니었다. 나와 같은 상황 속에서 누군가에게 말을 못하지 않는 사람을 찾고 싶었다. 공감은 그 사람이 겪은 상황이 오지 않으면 절대적으로 느낄 수 없다. 누군가에게는 하늘이 두 쪽이 나고 무너지는 아픔이었을 수도 있었으니까.

우리는 차라리 몰랐으면 하는 것들이 너무 많다. 굳이 알지 않아도 되는 것을 알게 됐을 때 그 기억은 쉽게 잊히지 않아 어쩌면 평생 갈지도 모른다. 고통을 감당하는 사람은 비밀을 알고 발설하는 사람이 아니라 그걸 듣는 사람이다. 비밀을 눈치챘어도 사실을 알고 있는 사람에게 듣지 않으면 추측으로 끝이 나지만 듣는 순간 확인 사실이 된다. 영원히 숨겨도 되는 비밀은 어디에나 있다.

어찌 되었든 나는 지금의 엄마를 사랑한다. 사랑할 수밖에 없다. 누구에게 보여주기 싫은 성적표를 받아와도 사랑하셨고, 하고 싶은 게 없어도 사랑하셨고, 대학 입시에 실패해 피아노를 그만두어도 사랑하셨고, 지금은 글을 쓰고 작가가 된 나를 사랑하신다. 내가 어떤 모습이든 날 사랑해주셨다. 늘 곁에 있는 가족, 친한 친구, 그리고 사랑하는 사람. 우리는 지금 내 옆에 있는 사람이 얼마나 좋은 사람인지 잘 모른다. 있는 그대로의 나를 보여줄 수 있고, 그걸 사랑해주는 그런 사람을 나 또한 사랑해야 한다. 그거 하나면 충분하다.

마지막으로 어머니께 이 책을 빌려 말하고 싶다. '나'라는 벚꽃을 피워주셔서 감사하다고.
다음 생에도, 그다음 생에도 나의 어머니가 되어달라고. 정말로 사랑한다고.

03

당신에게 보내는 나의 응원

꽃이
지는
순간

·
·
·

○ 일어서는 연습

아기는 수천 번을 일어서고
넘어지는 연습을 해야 비로소 걷게 됩니다.

우리 모두는 수천 번을 넘어지고
일어서는 연습을 성공한 사람이에요.

하지만 우리는 또 넘어지게 될 겁니다.
사람에 넘어지고, 사랑에 넘어지고,
꿈에 넘어지고, 장애물에 넘어지겠죠.

비록, 넘어지고 실패했다고 주저앉지 마세요.
걸음마를 배우는 아기는 넘어져도
두려움 없이 다시 일어섭니다.

때로는 걸음마를 배우는 아기처럼
실패의 좌절에 대한 두려움을 딛고 일어나야 해요.

심장을 뜨겁게

미친 듯이 달려본 적 있나요?
목적지도 없이 그저 이유 없이 말이에요.

가끔은 미친 듯이 달려보고
숨이 가빠서 정말 죽을 것 같은 순간을 느껴보세요.

우리 몸속에서 암이 생기지 않는
유일한 부분이 심장이라고 합니다.

심장은 늘 피가 왔다 갔다 따뜻한 피를 뿜어내며
쉼 없이 일을 하기 때문이지요.

인생도 마찬가지로 뜨거운 열정으로 펌프질을 하세요.
늘 심장을 뜨겁게 달구세요.

○ 하고 싶은 일이 있다면

체력을 기르는 방법은
자신의 체력을 한계까지 몰아붙이는 거예요.

할 수 없다는 한계를 느낄 때
그 한계점보다 더 많은 걸 버티면 됩니다.

하고 싶은 일이 있나요?
이루고 싶은 꿈이 있나요?

그것들을 이루기 위해서는
많은 체력이 필요합니다.

힘들어서 포기하거나
지쳐서 도망가는 일이 없도록
가장 먼저 체력을 키우세요.

이기고 싶다면 고민을 충분히 견뎌줄
몸을 먼저 만들어.

체력의 보호 없이는
정신력은 구호밖에 안 돼.

-드라마 〈미생〉 중에서

○ 그냥 하기

목표를 세웠으면 실행에 옮기세요.

내일, 일주일 다음으로 미루거나
할 수 없다는 환경을 핑계 대거나
무서워서 망설이지 말고 그냥 하세요.

우리가 목표를 향해 달려갔을 때
뜻대로 되지 않으면 목표를 낮추는 게 아니라
노력을 높여야 하는 거예요.

바람개비가 스스로 돌 때까지
바람을 기다리고 있지는 않나요?

바람이 불지 않을 때 바람개비를 돌리려면
앞으로 달려 나가야 합니다.

그 무엇도 당신의 꿈을

무엇이 당신의 꿈을 방해하나요?
가난한 형편? 출발점이 다른 환경?

당신의 꿈을 방해하는 것들은
당신을 힘들게 할 수는 있어도 꿈을 막지는 못합니다.

공부를 하고 싶으면
공부할 수밖에 없는 환경을 만들면 되고,
피아노를 치고 싶으면
피아노만 칠 수 있는 환경을 만들면 돼요.

형편이 어렵다고, 환경이 좋지 않다고
주저앉아 포기하지 마세요.
절박하고 간절한 만큼 스스로를
벼랑 끝까지 몰아넣는 용기도 필요합니다.

○ 실수는 누구에게나

실수에 너무 연연해하지 마세요.

국가 대표 축구 선수 박지성도
수많은 슛이 빗나가고
경기장에서 실수를 했을 거예요.

세계 최고의 피겨 스케이팅 선수 김연아도
넘어지고 엉덩방아 찧으며 실패하고
상처를 받아도 다시 일어섰습니다.

누구나 실수를 할 수 있어요.
실수를 했다고 자책하지 말고 인정을 해보세요.

어쩌면 넘어지고 실패하는 것은
실수를 딛고 더 큰 도약을 하는 경험입니다.

너무 완벽하려고 하지 말고
인간미 있게 실수도 좀 하고 살아요.

삶은 실수투성이다.
우리는 늘 실수를 한다.

- 영화 〈주토피아(Zootopia)〉 중에서

○ 인생은, 낚시

인생은 낚시와 같아요.

노력이라는 미끼로 먼저 낚싯대를
던진 사람이 물고기를 잡습니다.

하지만 인내심을 가지고 기다릴 줄 알아야 해요.
물고기와 힘겨루기를 해야 하고
미끼만 덥석 물고 갈 수도 있고
낚싯줄이 끊어져 놓치는 경우도 있죠.

아무리 준비가 완벽해도, 솜씨가 좋아도
언제나 기회를 잡을 수는 없어요.

때로는 한 마리도 못 잡는 날이 분명 있을 거예요.
오늘 못 잡으면 내일 잡으면 되잖아요.

조금만 더 기다리다 보면 어느 날
월척이라는 대어를 낚는 순간이 올 거예요.

○ 단단하고 강하게

대장장이가 칼을 만들기 위해서
어떤 노력이 필요한지 아세요?

쇠가 수천 번의 망치질을 견디고
용광로에 들어가 불을 이겨내며
다시 수천 번의 담금질을 거쳐야만
더욱 단단하고 아름다운 명검이 완성돼요.

삶도 뜨거운 불 속에 넣어 시련을 겪고
수천 번의 망치질로 두드리며 단련하고
담금질을 통해야 비로소 단단하고 강해집니다.

쇠는 두드릴수록 단단해지는 법이에요.
자신을 두드리는 시련 속에서 더 단단해져야 합니다.

○ 1시간 일찍

잠을 충분히 잤는데도
피곤한 이유는 게을러서 그래요.

평소보다 1시간 일찍 일어나
시원하게 기지개도 켜고 바람도 쐬고
스트레칭도 하고 그러세요.

좋은 하루를 맞이할 수 있도록 말이에요.

○ 슬럼프라는 연습

인생에서 슬럼프가 왔을 때
자신에게 잠시 채찍질을 멈춰보세요.

음악이 아름다운 이유는
적당한 쉼표가 있기 때문입니다.

누구에게나 언제 어디서
찾아올지 모르는 슬럼프지만
부정적으로 바라볼 필요는 없어요.

스스로에게 "할 수 있다"라는
긍정적인 말로 극복하세요.

슬럼프라는 연습을 통해
우리는 한층 더 성장을 하게 돼요.

생각보다는 실천

유명 인사나 연예인이 하는 이야기들 있잖아요.

"힘들었지만 포기하지 않았다."
"하고 싶은 거 즐기면서 사세요."

성공한 사람이니까 말할 수 있겠지.
다 이뤘으니까 예쁜 말로 포장할 수 있겠지.

그들도 그 자리에 서기까지
얼마나 많은 노력을 했는지 아무도 몰라요.

아직까지 인생의 변화가 없는 이유는
생각만 하고 실천을 하지 않았기 때문이에요.

속는 셈치고 한 번쯤은 제대로 실천해보세요.
인생의 작은 변화가 일어날 거예요.

○ 이왕 하는 거 즐겁게

공부가 재밌다는 사람은
지식이 쌓여가는 재미로,

피아노가 재밌다는 사람은
연주하고 싶은 곡을 칠 수 있어서,

청소가 재밌다는 사람은
깨끗해지는 뿌듯함으로 한다고 해요.

모두 다 하고 싶은 일만 하며 살 수는 없어요.
하고 싶은 일을 하기 위해 하기 싫은 일도 해야 해요.

하기 싫은 일도 즐거운 마음으로 해보세요.
이왕 하는 거 즐겁게 하면 좋잖아요.

○ 돈은 딱 거기까지만

우리는 모두 부자가 되고 싶어 합니다.

많이 벌기 위해 좋은 직업을 갖고
힘든 일을 하면서 버티겠지만 목적이 되어서는 안 돼요.

돈은 목적이 아니라
가장 좋아하는 일을 하는 과정 중 얻는
피와 땀의 결과물일 뿐이에요.

돈이 있으면 많은 것을 할 수 있을지는 모르지만
걱정을 줄여주거나 행복을 결정해주지는 않아요.

그렇다고 중요하지 않다는 게 아니라
우리의 인생이 돈만 보면서 산다면 무의미해진다는 거예요.

○ 나만을 위한 시간

지금까지 힘겹게 달려온 나에게 선물을 주세요.

우울할 때 매콤한 떡볶이도 먹고
보고 싶었던 영화나 책을 읽기도 하고
평소보다 일찍 침대에 누워 잠에 들기도 하고
몸과 마음을 녹여줄 뜨끈뜨끈한 물에 반신욕도 하세요.

자신을 더 아껴주고 사랑해주세요.
누구도 아닌 오직 나만을 위한 소중한 시간을 보내세요.

○ 내가 가장 사랑하는 일

하고 싶은 일을 하고 살아도
하고 싶지 않은 일을 하면서도 실패할 수 있어요.

내가 가장 사랑하는 일에
도전하고 미쳐보세요.

자다가도 벌떡 일어날 만큼 가슴 뛰고
행복을 느끼는 그런 일이요.

실패해도 괜찮아요. 넘어져도 괜찮아요.
하고 싶은 일을 하면서 행복하다면 그걸로 된 거예요.

○ 한 번뿐인 인생이기에

이루고 싶은 간절한 꿈, 날마다 꿈꾸는 인생.

생각만 하지 말고, 다짐만 하지 말고
상상하는 인생의 시뮬레이션을 실행해보세요.

당신이 이루지 못한 꿈은
분명 다른 사람이 이루게 될 거예요.

한 번뿐인 인생, 한 번 사는 인생인데
후회 없이 하고 싶은 것 다 하면서 살아요.

○ 시작이 반이라는 말

무슨 일이든지 시작이 어려운 것 같아요.

많은 사람들이 도전이라는 단어 앞에서
두려움을 느끼는 건 사실이에요.

마음을 먹고 행동으로 옮기는 일이
얼마나 크고 대단한 일인데요.

시작이 반이라는 말 있잖아요.
지금 시작하지 않으면 아무것도 일어나지 않습니다.

도전해서 잃을 게 시간밖에 없다면 시작하세요.
결과는 아무도 모르는 법이잖아요.

같은 시간 다른 하루

우리에게 매일 주어지는 시간, 하루.
24시간. 1,440분. 86,400초.

누군가는 첫걸음마를 떼고, 여행을 떠나기도 하며,
행복한 결혼식을 올리고, 꿈을 이루는 날이 오기도 하며,
새로운 생명이 태어나고, 사랑하는 사람을 곁에서 떠나보내며,
사랑에 빠지기도 하고, 가슴 아픈 이별을 하기도 합니다.

세상에서 그 누구에게도 특별하지 않고
소중하지 않는 하루는 존재하지 않습니다.
오늘이 마지막인 것처럼 후회 없이 사세요.
힘들어도, 즐거워도, 슬퍼도 전부 내 인생이니까요.

당신이 살고 싶지 않은 하루가
누군가에게는 가장 살고 싶은 하루일 수도 있어요.

성장의 기회

갑각류와 곤충들은 키틴질이라는
딱딱한 물질로 뒤덮여 있는데,
그 물질은 절대 늘어나지 않는다고 합니다.

그들은 자랄수록 껍질이 압박을 하기 때문에
점점 더 조이는데, 이때 껍질을 벗겨내야 해요.

그렇게 껍질을 벗겨내도 또다시 자라면
그 과정을 수없이 반복하게 될 겁니다.

목숨을 잃을 수 있음에도 끊임없이
탈피를 하는 이유는 성장을 하기 위해서입니다.

혹여나 당신에게 도망치고 싶거나 힘든 일이 생겼다면
성장할 수 있는 기회라는 의미이기도 해요.

그 고난을 잘 견뎌낸다면
우리는 비로소 성장할 수 있습니다.

○ 과거 현재 미래

다시 돌아가고 싶은 과거가 있나요?

가장 행복했던 그때로 돌아가고 싶다든지,
돌이킬 수 없을 만큼 멀리 왔다든지,
실수했던 것과 후회되는 일을 바로잡고 싶다든지.

분명 10년 뒤, 20년 뒤에도 돌아가고 싶은 오늘일 거예요.
그러니까 매 순간을 후회 없이 살아야 하지 않겠어요?

지금의 인생이 불행하다고 느껴질 때
본인이 원한다면 언제든지 미래를 바꿀 수 있어요.

과거는 그 자리에 머무를 때 더 아름다운 법이거든요.

○ 나만의 속도로

본인 스스로 단점을 잘 알고 있는데도
고치기 어려운 게 사실이에요.

옆에서 아무리 말을 해줘도 깨닫기 전까지는
어떤 점이 잘못되었는지 몰라요.

어느 부분이 바뀌어야 하는지 생각해보고
조급해하지 말고 천천히 자신에게 채찍질을 하세요.

사람마다 단점을 고치는 속도가 다르니까
조금만 여유 있게 기다려주세요.

○ 실패라는 특권

저도 처음부터 꿈이 작가는 아니었어요.

축구를 배웠을 때는 축구 선수가 꿈이었고
피아노를 전공했을 때는 피아니스트가 꿈이었죠.

그러다 문득 글쓰기를 제대로 배워보지 않았지만
글이 쓰고 싶어졌고 작가가 되고 싶었어요.
많은 꿈을 포기해야 했고 실패했지만
결국에는 작가라는 꿈을 이뤘습니다.

실패는 젊음의 특권이에요.
그만큼 무한한 가능성을 주기도 합니다.

실패해도 다시 일어날 수 있는 나이로
모든 것이 가능하다고 믿는 젊음을 무기로
본인이 쓰고 싶은 소설을 수필로 만드세요.

○ 당신의 가능성

하늘 위를 나는 꿈을 꿨던 라이트 형제는
쉬지 않고 공부하고 연구하며 실험했습니다.

바람이 없어도 날 수 있는 프로펠러와
빠르게 전진할 수 있는 엔진을 직접 제작했습니다.

그렇게 비행 실패만 무려 805번이었고,
첫 비행시간은 고작 12초였어요.

그 짧은 12초가 전 세계를 다닐 수 있는
비행기의 첫 시작이었습니다.

모두가 사람이 하늘을 나는 게
불가능하다고 믿고 있을 때
라이트 형제는 스스로 믿고 있었습니다.

가능이라는 것은 남들이 정해주지 않아요.
분명한 것은 누구나 하늘로 비상할 수 있다는 거예요.

당신의 가능성을 두려워하지 마세요.

○ 최우선으로 챙겨야 할 것

몸에 힘이 없거나 고통이 찾아올 때
건강이 악화되었다고 신호가 찾아옵니다.

아프면 꼭 병원에 가서 치료를 받고
건강 상태를 꼼꼼히 체크해 관리하세요.

하고 싶은 일을 자유롭게 할 수 있는 것도
우선 건강한 다음에야 가능합니다.

오늘부터 술 담배도 줄이고 걱정도 줄여보세요.
몸과 마음이 치유되어 편히 쉴 수 있습니다.

건강을 잃으면
모든 것을 전부 잃듯이
최우선으로 챙기고 아프지 마세요.

추위에 떤 사람일수록 태양의 따뜻함을 느낀다.

- 월트 휘트먼(Walt Whitman)

○ 비비디바비디부

남들보다 늦은 나이였지만 운전 면허증을 따기 위해서
학원을 끊었고 약간의 불안감이 생겼어요.

'나 같은 사람이 합격할 수 있을까.'
'나 같은 사람도 운전할 수 있을까.'

평소에 조심성도 많았고 사고에 대한 두려움도 컸죠.
어차피 필요하다면 하루빨리 합격하는 편이 나았고
그렇게 한 달을 연습하고 결국에는 한 번에 합격했습니다.

걱정은 잠시 거두고
용기를 불어주는 희망을 가지세요.

하고 싶은 일을 진행하고자 할 때 불필요한 감정들은
일시적일 뿐 실패의 원인은 되지 않습니다.

스스로에게 주문을 걸어보세요.
'누구나 할 수 있는 일이라면 나 또한 할 수 있다.'

바라는 일이 마법처럼 꿈이 이루어질 겁니다.

○ 자신감

사람은 누군가에게 사랑을 받고, 칭찬을 받고,
인정을 받을 때 자신감이 상승합니다.

반면에 자신이 얼마나 위대한 존재인지,
많은 가치를 지니고 있는지 모르고 살아가면

본인이 잘하고 있는지 계속 의심이 들고
자신감이 떨어져 위축이 되기도 합니다.

자신감을 잃은 것은 어둠 속에서
길을 잃은 것과도 같아요.

자기 자신을 믿고 자신감을 가지세요.
온 세상이 나의 편이 되어줄 겁니다.

○ 당신, 참 고맙다

당신이 참 고맙다.

지금껏 달려오며 살아온 당신이,
짙고 깊은 어두운 밤을 몇 번이라도 버텨온 당신이,
힘들 때, 슬플 때 몰래 혼자 울었던 당신이,
피노키오처럼 자신에게 괜찮다며 거짓말하고 있던 당신이,

그 모든 걸 이겨내고 있는
당신 참 고생했고, 잘했다.

○ 수고했어, 오늘도

오늘 하루도 힘들었던 나에게 이렇게 말해주세요.
"오늘 많이 힘들었지? 정말 고생했어"라고.

남에게는 자주 해주는 말이지만
정작 그 말이 가장 필요한 나에게는 못하고 있어요.

지금의 힘듦은 나를 더
단단하게 해주는 성장통입니다.

비가 온 뒤에 땅이 더 단단하게 굳어지듯
나 자신을 격려하고 응원해주세요.

○ 포기하고 싶을 때

그만 포기하고 싶을 때 있잖아요.
힘들고, 지치고, 흔들릴 때요.

문득 그런 생각이 드는 순간,
언제나 늘 옆에서 뒤에서
응원해주는 사람을 생각해보세요.

나를 온전히 믿어주고 응원해주는 사람을 위해
누구보다 나 자신을 응원하는 나를 위해
바로 그 고마움을 행복하게 사는 것으로 갚으세요.

포기하고 싶을 때 왜 시작했는지 기억하세요.

○ 꼭 필요한 사람

장기에서 왕이 죽으면
게임이 끝나기 때문에 왕을 보호해야 합니다.

차(車) 마(馬) 상(象) 포(包) 졸(卒) 사(士)라는 장기짝들은
오직 장군만을 위해 존재하고 싸웁니다.

당신이 비록 왕이 아닐지라도
왕을 지키기 위해 필요한 존재일 수도 있습니다.

왕은 혼자서 싸울 수 없어요.
당신도 누군가에게 꼭 필요한 사람입니다.

○ 그럴 때 하세요

누군가에게 충고나 조언을 할 때는
상대방이 듣고 싶을 때, 들을 준비가 되었을 때 하세요.

그 사실을 잘 알고 있음에도
실천하지 못하는 경우가 많습니다.

자칫하면 잔소리로 들을 수 있으니
여유를 가지고 기다려주면서 이해해주세요.

○ 처음 그 마음으로

부모가 되는 것은 쉽지만
좋은 부모가 되는 것은 참 어려운 일이에요.

아이가 태어날 때 건강하고 행복하게만
자라길 바랐던 것처럼 기다려주는 건 어떨까요.

아이가 잘되길 바라는 마음으로 하는 말인 거는 잘 알지만
더 큰 꿈을 꾸고 스스로 자랄 수 있게 말이에요.

부모님이 원하는 인생을 강요하는 게 아니라
아이가 진정으로 원하는 인생을 살고 싶게 해주세요.

소확행

오늘 하루 집으로 돌아가는 퇴근길에
꽃 한 송이를 사 들고 가보세요.

자신을 기다리는 사랑하는 가족을 위해
그리고 나 자신을 위해서.

침묵이었던 일상이 화목해지고
차갑게 얼어붙은 마음도 어느새 따뜻해집니다.

100% 당첨 확률의 소소한 행복을 얻을 수 있어요.

○ 꽃길만 걸어요

오늘 하루가 가기 전에 말해주고 싶었다.

무겁지도 가볍지도 않은 인간관계 속에서
상처를 받고 견뎌내느라 애썼다고.

마음처럼 일이 풀리지 않아 예민해지고
모든 걸 놓아버리고 싶어도 포기하지 않았으면 한다고.

하루를 눈물로 끝내는 길고 긴 하루가 지나가고
당신만을 위한 꽃길이 반드시 올 거라고.

그러니까 꼭 행복해질 수 있을 거라고 말하고 싶었다.

○ 가장 좋은 날

"학생 때가 좋았어."
"일 다닐 때가 좋았어."
"사랑할 때가 좋았어."

우리의 인생은 생각해보면 늘 좋았어요.
아마 지금 이 순간도 시간이 지나면 그리울 시간이 아닐까요.

그러니까 행복을 미루지 말고
현재를 열정적으로 살아야 하지 않겠어요?

○ 그런 사람

내 곁에는 그런 사람이 남았으면 좋겠다.

절대적으로 응원해주는 내 편인 사람.
힘들 때 아무 일 없다는 듯 안아주는 사람.
괜찮지 않은 하루를 예쁘게 만들어주는 사람.

살기 싫었던 날들이 행복해지고 살고 싶어지는 사람들로.

○ 보란 듯이

나를 버리고 떠난 사람을 원망하고
성공을 시기하고 질투하는 사람을 못마땅해 하고
제대로 알지도 못하면서 함부로 말하는 사람에게
일일이 복수할 필요 없잖아요.

또 다른 복수만 낳을 뿐
마음이 더 편하지 않을 수도 있습니다.

그들에게 보란 듯이 성공해서 잘 사세요.
복수는 그렇게 하는 거예요.

잘 살아라. 그게 최고의 복수다.

-〈탈무드〉 중에서

○ 나를 지킨다는 것

요즘 사회에서는 이런 말을 해요.
'세상은 착하게 살면 바보가 된다.'

부탁을 거절할 줄도 알아야 하고
하고 싶은 말을 참지 않고 할 줄도 알아야 하고
화낼 땐 화내고 감정을 자유롭게 표현하세요.

적당히 냉정해지고 이기적으로 살아도 돼요.
스스로 가면을 쓰면서 참다 보면 마음의 병만 생겨요.

나를 만만하게 생각해 이용하는 사람으로부터
자신을 소중하게 지키라는 것입니다.

○ 그날이 온답니다

와인은 오래 숙성할수록
맛과 향이 더 깊어져 가치가 올라갑니다.

인생도 와인처럼
샴페인을 터트리기 위해 기다리고
숙성을 하다 보면 성장한 나를 발견할 수 있어요.

노력한 결과가 눈에 보이지 않아도
꿈이 이루어지지 않아도 좌절하지 마세요.

언젠가 기다림의 끝에
샴페인을 터트릴 날이 올 거예요.

○ 안녕, 나의 모든 날

매년 달력 끝에 서면 되돌아보는 시간을 갖게 된다.

허무할 정도로 실패로 끝나버리기도 했고,
지나간 일을 아쉬워한 것도 있고,
소중한 인연들을 떠나보내 마음 아픈 날도 있었다.

그런 반면에 그동안의 노력이 빛을 발해 꿈을 이룬 것도 있고,
아직 오지 않았는데 빨리 오길 기다려지는 날도 있고,
떠난 인연들만큼 더 많은 사람들이 곁에 생겼다.

더 이상 돌아오지 않는 시간들이겠지만,
앞으로 다가오는 날들은 좋은 일만 있었으면 좋겠다.

에필로그

벚꽃이 질 때

어쩌면 더 이상 글을 쓰지 못할 수도 있겠습니다. 스스로를 위로하기 위해 시작했던 일이 누군가에게 위로가 된다면 좋은 일이겠지만 나의 상처를 파는 일이 이렇게 자신에게 힘이 들 줄 몰랐습니다. 상처라는 것은 누구나 어디서나 예측 없이 받을 수 있는 것이기 때문에 나 또한 괜찮다고 믿고 싶습니다. 그래서 상처를 받아도 나와 같은 상처가 있는 사람이 있다고 생각해 안도감과 위로를 느끼게 되는 겁니다. 결국 상처는 아물고 흉터로 남겠지요.

사실 저도 생각보다 따뜻하고 다정한 사람이 아닐지도 모릅니다. 화를 참아야 할 때 주체하지 못하고 화를 낸 적도 있고, 뜨거워야 할 때 뜨거워야 했으며, 냉정해야 할 때 냉정했어야 했습니다. '말이라는 게 이렇게 쉽구나'라는 생각이 들 때서야 나 자신도 글대로 살지 못했다는 사실을 깨달았습니다. 사랑하는 사람을 있는 그대로 사랑하지 않았고, 부모님 가슴에 못을 박으며 상처도 줬고, 인간관계에 대한 마음 청소가 뜻대로 되지 않아 잠을 이루지 못한 밤도 있었습니다. 또 많은 사람들에게 너무 쉽게 말만 번지르르하게 한 건 아닐까 스스로 죄책감까지 생겨버렸습니다. 이제는 정말 잘하고 있는 건지 의문이 들기도 합니다.

앞만 보며 달려온 것은 아닌지, 순간순간의 행복을 놓치고 있는 것은 아닌지 잠시 걸음을 멈춰 고요함 속에서 휴식의 시간이 필요할 것 같습니다. '존 케이지(John Cage)'라는 피아니스트가 4분 33초 동안 아무 연주를 하지 않고 침묵의 시간 속에서 관객들이 웅성거리는 소리를 음악으로 만든 것처럼 길고 긴 음표를 쉼표로 바꾸어 나에게 쉼이라는 여행을 선물하고 싶습니다.

그리고 부디 당신은 아프지 않았으면 좋겠습니다. 아무도 마음 아픈 사람이 없었으면 좋겠습니다. 우리 모두 아무 걱정 없이 사는 행복한 사람이 되었으면 좋겠습니다. 스스로 아플 때, 힘들 때, 지칠 때라고 느껴지면 잠시 숨을 고르고 다시 일어나서

악착같이 버티면서 그렇게 살아요. 입버릇처럼 말했듯이 인생은 속도가 아니라 방향이라 그렇게 열심히 살지 않아도 됩니다. 당신이 어떤 삶을 살든 응원할 테니 흔들리는 꽃을 기어코 피우길 바라겠습니다.

마지막 벚꽃이 질 때 어떤 벚꽃이 만개하고 흩날리면 좋을까요. 가능하면 사계절 모두 벚꽃이 피어 따스한 온기로 오랫동안 곁에 머무르고 싶습니다.

예상치 못한 순간에 잊지 못할 한 편의 편지가 되어 당신에게 위로가 되었으면 합니다.

KI신서 9077
마지막 벚꽃이 질 때

1판 1쇄 발행 2020년 4월 22일
1판 2쇄 발행 2020년 5월 4일

지은이 김수민 **일러스트** 도톨
펴낸이 김영곤
펴낸곳 ㈜북이십일 21세기북스

정보개발본부장 최연순 **정보개발3팀장** 최유진
책임편집 최유진 **정보개발3팀** 신채윤 최유진
디자인 형태와내용사이
마케팅팀 박화인 한경화
영업본부 이사 안형태 **영업본부 본부장** 한충희 **출판영업팀** 김수현 오서영 최명열
제작팀 이영민 권경민

출판등록 2000년 5월 6일 제406-2003-061호
주소 (10881) 경기도 파주시 회동길 201(문발동)
대표전화 031-955-2100 **팩스** 031-955-2151 **이메일** book21@book21.co.kr

ISBN 978-89-509-8762-6 03810